自爱星系

陈雨潇 著

南 方 出 版 社

图书在版编目（CIP）数据

自爱星系 / 陈雨潇著. -- 海口：南方出版社，
2025. 5. -- ISBN 978-7-5501-9807-4

Ⅰ. Ⅰ227

中国国家版本馆CIP数据核字第2025BG7804号

自爱星系
ZIAI XINGXI

作　　者　陈雨潇
责任编辑　白　娜
策　　划　泥流文化传媒
整体设计　建明文化
出版发行　南方出版社
邮政编码　570208
社　　址　海南省海口市和平大道70号
电　　话　（0898）66160822
传　　真　（0898）66160830
印　　刷　三河市华东印刷有限公司
开　　本　880mm×1230mm 1/32
印　　张　6
字　　数　80千字
版　　次　2025年5月第1版
印　　次　2025年5月第1次印刷
书　　号　ISBN 978-7-5501-9807-4
定　　价　50.00元

告 读 者：如发现本书印装质量问题请与印刷厂质量科联
系　T：010-85717689

简单堆垒与胡乱杂陈，而是有着她自己的物象序列和诗学逻辑的。在我看来，作为一个具有独立思维品质的诗人，陈雨潇的诗歌宇宙学里，占据最主要位置的其实是三个事物：女性、科幻和大海。这三个事物时而在特定的时空独自蹁跹，时而又组合在一起联袂和鸣，它们的或独立或合作，将陈雨潇诗歌宇宙学复杂斑斓的美学图景，精彩而生动地演绎出来。

陈雨潇诗歌宇宙学中第一个重要的美学符号是：女性。女性既是陈雨潇作为一个诗人个体无可争议的性别属性，也是她观照和思考宇宙人生的特定思维视角，还是她的诗歌语言中呈现自我精神天地的独特声调与嗓音。换句话说，陈雨潇诗歌之中，彰显着一种非同凡响的女性意识。这种女性意识，既是一种无意识和有意识的综合，又是一种生活经验与人生哲思的交织，而且还是诗人不可替代的生命履历的某种折射和映证。在《对立面》一诗中，陈雨潇如此写道：

热爱不转弯的念头

有时，不流动的情绪充盈我

像钉子嵌入墙壁

不时，我将自己逼向绝境

就像熟练地掌握一座悬崖的诀窍：

伤口与飞翔重合

女性、科幻与大海

张德明

诗人陈雨潇是有自己的诗歌抱负或者说美学野心的，她一直在试图建构自己的"诗歌宇宙学"，这是一种怎样的诗学世界呢？按照诗人自己的解释，那就是："诗便是暗物质中不可见的高维物质。在不可见的空间维度中，它有巨大的生命体，在高维度中联结，相互振动与缠绕，循环着一个更大的空间、更大的存在。只有在我们灵机一动的时候，它才向三维空间中投射、显现，光临我们的头脑，或者等我们的脑袋解脱某种框架与束缚的时候，才擦亮脑海中的混沌，让我们追逐它微光的尾巴，遨游到更加广阔的天地。在三维时空，我们用纸笔书写，使用屏幕制作，将诗投射在扁平的二维空间，细细地描绘它壮阔的涟漪与美好的尾羽。"（陈雨潇《诗语微澜——诗歌宇宙学》，见陈雨潇诗集《自爱星系》"后记"）诗人的意图很明显，她告诉我们，诗歌作为一种"暗物质"，往往存在于不可见之时空中，诗人创作的诗歌不过是这种物质对人类世界的一种照临，而我们一旦将一首诗成功地创作出来，诗学的宇宙空间，就有了具体的精神形态。

自然，陈雨潇构建的诗歌宇宙学中，并不是世间诸般物象的

用眼泪，擦拭夜晚孤独的银器

使它愈加铮亮

在爱中，善于制造施虐与受虐

常常，我还是会回到被抛弃的幻象之中

惊醒，如一段华丽的花期

我偏执于此

比摩擦铁锈更加激烈的对立面

比春天更加平和的周而复始

　　这是一个坚定女性令人感佩的精神独白。对于爱，她满怀理想和期待，尽管现实之爱，往往是相爱相杀的残酷纠缠，但诗人的偏执和固守，令她始终都无法怀疑和放弃这种复杂的情感，哪怕这样的坚守和固执，会令她孤独复加、遍体鳞伤，也一刻都不会退缩。《对立面》中塑写的那个执着而倔强的女性主体，正是诗人鲜明的女性渗透于诗行之中的具体体现。

　　科幻是陈雨潇诗歌宇宙学中的第二个重要构件。所谓科幻，是人类对不可知不可能之科技世界的奇幻想象，它是对人类未来走向的一种预言，也是对当今之生存困境的反思和追问。《通用条码》一诗，由这样的文字构成：

高清记忆移植技术，生成往事：

母亲转身消失在

野生的大海

父亲劳作在高蛋白农场

朴素之物，与伽马射线穿越光年

汇入星际

落入机油味的都市

我在电脑模拟的高空游荡

伸出仿真皮肤包裹的机械手臂

穿过窗户，像抓住

指纹条码那样

抓着童年与青春

我们的祖先

在人群里茫然地走着

藏起通用算法，与合成构造

栖身于各种碳硅字符

不断异变的自我

与灵魂应同属一种类别

　　在诗人构建的科幻世界里，"记忆"可以移植，人们能在电脑模拟的高空游荡，"仿真皮肤"包裹的"机械手臂"，可以帮助我们抓住"童年与青春"。或许在诗人看来，人类是一种太容易健忘的生物，移植和留存"记忆"，正是改进人类的极为重要的方式和路径。而异常珍奇和宝贵的"童年与青春"，总是那么短暂，稍纵即逝，因此需要发明一种神奇的事物，帮我们把它们牢牢抓住。

　　长期生活在海边的女诗人陈雨潇，她的诗歌题材和主题里，自然也少不了海洋这一艺术原料，海洋书写也是其诗歌中较有魅力的一个美学层面，海洋由此构成了其诗歌宇宙学里的第三个关键要素。在她的诗集中，《问海》《在三亚》《海滨之夜》《海边夹竹桃》等等，光看标题我们就能感觉到扑面而来的海洋气息。让我们读读《问海》一诗：

　　　　海与沙滩的婆娑
　　　　像牛奶和蕾丝

　　　　闪着镜子的淡蓝时刻
　　　　游人坐在露台上，或带着影子稀疏地经过

　　　　"谁在这里遇见自己？"
　　　　每一问起，就有大海捧打无边的明亮

　　　　流动的马蒂莲，在奔腾中剥离
　　　　陨落如星球

> 万顷灵魂，倾倒海中
>
> 以未来之词，反重力地蹁跹

面对汹涌不断、波涌浪卷的海洋，诗人发出了灵魂一问："谁在这里遇见自己？"这既是基于穿越性时光意识而生发出的对一个人前世今生形态的一种追问，同时也是现实自我与海洋生命对应性关系的精彩道白。在这首书写海洋的诗歌里，我们还清晰地窥见到了其中潜存的女性意识和科幻色彩。如诗人将大海冲击沙滩激起的白色泡沫，比喻成"牛奶"和"蕾丝"，这就是从女性视角出发对海洋现象生发的自然联想与想象。最后一节，"万顷灵魂，倾倒海中/以未来之词，反重力地蹁跹"，其科幻性含量和意味，也是捧手可掬的。

在陈雨潇眼里，诗歌总是一种充满了多种可能性的神奇事物，她说："诗是相信的可能，也是我选择自己信念的可能。诗让我在已存在的无限可能性中，选择了自己的生命实相。"（陈雨潇《诗语微澜——诗歌宇宙学》）正是诗歌所具有的无限可能性，才让陈雨潇能结合自己的生活经历和生命体验，大胆发挥联想与想象的功能和作用，并以女性、科幻和海洋为三大主材料，初步构建出属于自己的诗歌宇宙学来。

2025 年 4 月 8 日初稿

2025 年 4 月 12 日改成

目 录
contents

● 第一辑 问 海

● 第二辑　自爱星系

第三辑　一滴眼泪的无穷 BUG

第四辑　生活美学

● **第五辑　耐心将自己完成**

第一辑　问　海

对 坐

将白昼写下的诗推远

远得像天际一抹看不见的泪痕

落日之时，回到桌前

删去如雾昏沉的字句

一只宝石色的水杯

从清晨开始，就与我对坐

向空中发出优美的冥想

杯中，盛着远山古老的冰雪

我看见孤独的人

围在杯口，凝视这深渊的器皿——

大地在饮水

这杯口，如虚无之花绽放

沉没所有意义

忽然我不希冀了

也清高得，不愿与他人

一同畅饮杯中的芳菲

天边的晚霞

经过杯中的雪影

也将欲望与野心，投向低处

问 海

海与沙滩的婆娑
像牛奶和蕾丝

闪着镜子的淡蓝时刻
游人坐在露台上，或带着影子稀疏地经过

"谁在这里遇见自己？"
每一问起，就有大海摔打无边的明亮

流动的马蒂莲，在奔腾中剥离
陨落如星球

万顷灵魂，倾倒海中
以未来之词，反重力地蹁跹

对立面

热爱不转弯的念头
有时，不流动的情绪充盈着我
像钉子嵌入墙壁

不时地，我将自己逼向绝境
就像熟练地掌握一座攀援悬崖的诀窍：
伤口与飞翔重合
用眼泪，擦拭夜晚孤独的银器
使它愈加铮亮

在爱中，善于制造施虐与受虐
常常，我还是会回到被抛弃的幻象之中
惊醒，如一段华丽的花期

我偏执于此
比摩擦铁锈更加激烈的对立面
比春天更加平和的周而复始

爱之共时

我们的眉毛相连，头发相连
夜间同眠，环抱的手，生长根须
我们的心之间，由血管相连
以交换唾液，领悟人世的孤单

我们的颅骨相连，由一条洁白的螺壳项链
苍老的麋鹿角，连接我们明黄的午后
肌肤与乳房飞翔
孕育家族，健康的马蒂莲

我们荆棘一样的裂缝，无须缝补
在布满探照灯的大地上，像开裂的挫败
岩浆涌出
纵横一张奔赴四方的地图

一粒细胞里，我与你相连
在打通万物内部奥秘的通道
抵达未知
爱在遥远的星球，推开了马路边的窗子

在三亚

我向独自爱着的事物致敬
仙人掌、房屋、大海
它们不亏不欠
在光中，平静地叙述自己

想到这里，曾流过眼泪的事
从心底滑过
它们不再欠我一个解释
夜里埋藏的需要
聚变为可以被纪念的核胚

这里的南风
这些枝条上颤动的疼痛
这突然尖叫的诀别
陷入无限的空旷

有种悲悯
在海崖陡峭的底部摩擦、撞击
爆炸奇迹的哭啼

不可测量的孤独

从坍塌之渊升起

我带着绸缎与镜子，爱你

你以环绕的必要，爱我

海滨之夜

现在，我与你
手牵手，在小小的海滨城市
过一条车流飞奔的大马路

亿万光年以后，宇宙无限膨胀
星系飞出可视域
恒星燃尽，夜空漆黑一片
智能生命被低温灭绝

夜里，抱着你睡觉
或者指腹贴着指腹
至少保持一小寸肌肤的
亲热

身体中的火柴
像瘦瘦的口红
干燥、孤零、浓烈
光波倏起
在巨型加速器中撞击

为太空

扩散一星火彩

如释放一粒缓释片

消融于水的爱意

刷　脸

我举着自己的脸
它爱干净，爱精致，喜欢微微发光
像从秋日枝头摘下的
一枚通透柿子
正甜，如饱含泪水的腺体

我举着它走路
举着它刷付账单、认证、出示信用点
弧度精美的金属芯片拼接
就像某种定制的呼吁与宣言
我日日审视它
让依附其上的皱纹更直抵内心

将这张脸放大放大放大
直至呈颗粒的状态
每一枚粒子都飘浮一个原始大脑
镶嵌不轻易被别人看见的
玫瑰与电子炮弹

将它缩小缩小缩小

成为星际导航上的一处定位

活着的时候，它是我唯一的路标

死的时候，它是我曾生而为人的

碳基墓碑

半岛的黄昏

落日回到抽屉
向晚的雾水演奏爵士乐
在通往大海的小路轻徊
沾湿没有写下的词句

在这个黄昏
我是由所爱之物组成的旋涡
轻盈的旋臂里，一连串美丽的灾祸
回旋，上升

叠加半山青草的水波
叠加椰果里的果汁、半岛上微醺的纹路
每叠加一次，人世就变得更大一圈
圈与圈扩散，无数时空弯曲
与尘世悲欢，一起发生了共振

中心是每一种创世的奇点
万物落入吸力半径

沉浸于悲伤与喜悦间的穹界

黄金天体在幽深的边缘

影绰

发 呆

在随便翻开的什么书里
发呆

这呆，是玻璃壶底沸腾的水泡
膨胀得，越来越大的口袋
将欲雨的五月
收纳其中

让呆，在文字里飞一会儿
让呆，在大海里放生
让呆，随性留下省略号
不追赶顿悟的灵光

呆像久违的朋友
与我消磨整个下午
我发现，发呆以某种精美的方式
构建宇宙

林间偶得

是什么使我像微妙的琴声升起
是什么使我像光影，奇妙地交替变化
是什么使我与你互动，回应天空的奇迹

教会身边的人
辨认昨日那诡异的面孔
辨认愧疚的雨落在我们身上的魔咒

在树林间缓慢行走，就像走在
未完成的画稿里，铁线蕨将藤蔓
扎入银杏树高直的躯干
以提醒我
要将翅膀插入更大的鸟群
要将池水绘入更深的海水

绽放，或消逝的
在影子的花朵上汇聚
爱与不爱，像筛子
漏掉与剩下的，一定恰到好处

微澜之镜

对情绪越来越敏感了
当它的羽翼轻扇
深处的镜子，将其照见
烛光中，有幽微的神情

对逝去也越来越敏感了
当旧物像阶梯，转弯、下降
带着皱褶
沿记忆丝线
落向低处

有时，再微小的变化
亦是一股蛮力，像雪川断裂
飓风折枝

每一种微小
在脉络清晰的春日
叫得出姓氏

翅膀，抽出丝线

将所飞去的方向，拴在

水波的微澜之上

今日份美丽

不敢轻易打开、翻阅
那些诗。它们过于美好、结晶
带着尖锐与激烈

不是所有的诗，都如此
只有那与孤独有同样密度的
永生，打磨每个词，像钻石
慢慢发光，慢慢璀璨

一旦打开，将不再平行
无穷中，垂落亿盏星辰
涌出熔浆，奔向辽阔的天幕
交汇、辉映

使我盈满，翻越山脉，攀上日球顶峰
沉睡于星河大海，漩涡状地燃烧
使我拥有呼啸的速度

心的变幻

有时候，离得很远了
心还在多年前开着夹竹桃的花丛中
常常，心比身体到达要慢一些
比灵魂要快一点

我这颗心，由水晶和陶瓷组成
也挺好的
水晶，映照出斑斓的世界
陶瓷，透白，让自己愉悦
有一些裂纹，在所难免

这颗心，不时幻化
步入纸中，是一个身影
走在尘世，成为另一个

衔着落下的雷雨
从辽阔的人海里走来
进入我的身体
用我的灵魂感受
用我的嗓音说话

镂 空

抚摸这隔断屏风

冰川、香水瓶、龙卷风状的镂空

这缺憾的美，在你身上存在

在我这也有

这是我们如磁极

彼此探索的原因吗？

在你那，我的空缺

找到吻合的磁块

我不试图将它们取回

它们在你那多好呀，与你从他人那里

捡拾、收藏而来的

组成多么生动的宇宙

像马赛克立体拼花

镶嵌了珠宝与谜语的

人鱼爱人

我们之间，迷你虫洞
一跃而出，又彼此湮灭

再亲密，也有词语在收缩
像坍塌前短暂的曙光
闪耀在我最初爱你的一刹

越爱你，越在轻盈的光波中
呈原始的元素

我在其间穿越
有时，穿过新婚的门廊，带谎言回来
有的，回到爱你之前的深潭
那里交叠动荡的星球

我愿意诞生在星云的明亮处
充满获救的可能

今日穿越归来，从橘光的海上岸
被你遇见
我缀满了秘密的苍老鳍尾

海边夹竹桃

夹竹桃捧出微紫的星辰
从高空，散落花瓣与盐
夏日婚礼如漫长的山体，从海中隆起
陡峭，如芳香

这些年，你在我的海滩上
种下夹竹桃。新鲜、饱满
像星系中绚烂的星群
有欢乐时吹过的泡泡星云
有彩虹明亮的星环

枕在人世的星星里
我们同饮夹竹桃汁水
将汗水与头发缠绕
在微醉的毒中睡去

我们像鱼，钻入海中
洒下波光，粼粼
海水跃起，将荆冠
戴在银河系的额顶

日落栈道

谁在上面走

谁就能触摸湖水游动的鳞光

经过交织的云朵与树影

经过配色清丽的花坛

孩子成群

在黄金的倒映中嬉戏

与你谈论，充满犹豫的句子

护栏上斑驳的锈迹

以及一再推敲的方向

栈道，装饰着水花

思绪灵动的身子

抚慰水草的忧郁

如果日暮可以藏好夜晚

我设想了一个剧本

你与我参与所有情节的创造

创造被黄昏折叠的世界，多块状的记忆

所有未来，被隧道接通

通向远处，被饱满的霞光

点亮的口岸

浴室沙漏

水从打开的龙头，转着圆圈，从出口漏下
镜中，夏日的脸平静、渺然
记忆的斑纹漫上面颊

一种隐而不发的声响，栖止在
喉咙深处，幽蓝得发紫

窗外，树叶闪烁着羞愧的创口
溅起星宿，划过暗红的蝴蝶般的矿渣
卷入旷远之雾

也卷入另一个尘世的旋涡
吸聚更多的神情，那苍老、破碎、忧伤的

多么辽阔，飘浮在遥远的宇宙星际
镶嵌像清晨的沙漏
细致漏下亿万个尘世的，终极孤独

浴室以外，我与旋涡一起倾斜

慢慢冷寂，只是更好地提醒

保持幽微与平衡

街角的花果铺

在街角的花果铺
我们创造了樱桃、香水百合、莲雾、羊角蕨
造就一扇窗户、墙上的壁灯
桌椅、杯子上的海盐奶盖

无数玫瑰重叠里的国家
无邪的欢愉，茂密的抒情
与你创造每个时刻的轻盈、蹁跹

用你来倒映每个时刻的我：
谨慎加工的五官
与粗糙皮囊，总不重合的心灵
路灯落于果盘上的
孤寂伤口

我能否找到你，终了一生
在亿万光年外的星云碎片
某个光影斑斓的天地里
另一个我，无边无际

用你来提醒我，要爱，要宽恕

与繁琐的俗务握手言和

穿过你，我触摸事物背后

银河的灯盏猛烈地聚集、转动

玻璃花房

花房悬浮在午后空中
几乎要摔下，带着轻微的失重
我们的对话结束了
余音还回荡在空中

光照向玻璃，每一帧直射与反光
银的碎刺，内部
包含怎样复杂的曲折
我认真描述这弯折
这细小、尖锐的剔透在裂变
拥有扩张的闪光
让温室的植株变幻
诞生出新的法则

谁能举起这成千上万的玻璃花房
发出巨大闪电
穿过狭长光阴，宿命无穷地延展
排列成未经世事涂抹的银河

花房饱满、沉默

在一粒果实透明的内部

每个音节抽空

进行过漫长的深思

野餐随想

无限细的线
在太空延展百万光年
穿透万物，来到青草地

穿过棕榈树、涌动的无边泳池
穿过野餐垫、甜甜圈、藤编篮子
像串起的玩具模型
被夕阳涂上糖浆
呈水纹荡开的形状

便携式折叠座椅
立在波浪形的白沙上
风吹动语言的线条
如极简、律动的思想
构造地球每一处起伏与音节

跳动情感、记忆的因子，交织生活
细线展开，跃迁成
一种内部的黄昏

频率有时快，有时缓

我与你的波澜

恰巧就重叠在一起

那美妙与遗憾的

从平行宇宙飘荡过来

以鲜活的节奏

与人间一起摇晃

深夜翻诗

词语黏于纸上，发酵碎片泡沫

句子是长的隧道，黏连不同时空

滞留于一首诗的褶皱处

有谁的不安、敏感

更多遗忘的心跳

与持续加深的疼痛

陷于夜晚褶皱中的一处

忧郁是深处凹陷的熔浆

诗页翻动，不规则排列的诗行

如燃烧的褶皱，辽阔的城墙

覆盖人间之上

隆起的部分，袒露美妙的定律

收拢的，合上海水、花朵、汉字

慢慢收窄这样的国度

折叠各种迷途中的样子

暮色斑斓，将我拥抱

褶皱中的我，多么笨拙呀

黏在世界喑哑的声膜

像圆桌上，这嘟囔着、羞涩的

没有展开的白棉餐巾

瞬　息

上一秒，是小片夜色和吐司面包
落入酸奶杯
下一秒，笔画规整的涟漪
越过屋顶，向天空扩散星云

瞬息，由极其微小组成
也可以漫长、臃肿
当瞬间刺穿过我的
缠绕在旧事中的藤蔓
牵扯出丝线
无数架桥就从这里延伸而出
回到桌边，与你共进晚餐
海浪环绕身边

瞬息，拥有最古老的来处
活在年轻的巅峰
包围庸常、无趣、残缺
将奇迹安装在黄金的海面上
映照命运，以及
万物更深的需求

白 昙

明亮得让夜窒息
白昙花淹没我，像发光的潮水

这精密的仪器，计算好全盛的期限
使每个时辰的截面
从大海、奇迹、钻石的内部切割

用星云的遐想，诵读字句
你颗粒感的嗓音，像夏日的冰沙

对于永恒，我和你一无所知
而心事、爱与珍视
永远在消逝之中，崭新

第二辑　自爱星系

宇宙汤

还未存在星尘。此刻
原始的汤，粒子与光子
翻滚、缠绕
思绪的熔炉，飞溅
聚变的火花

脑海中，那远比我知道更多的
正演变成微粒
比如，这自卑与欲念的较量
只有当十亿分之一的孤独
幸存，才得以生成
一种尘世

在这样的汤中冶炼
深夜，消耗日子的炽热与密度
从一种形式到另一种
哪一种更容易被召唤，被积淀
哪一种，终湮灭，融入虚无的星际

这适宜出现、消失、再造的时刻
分裂自我膨胀的元素

也合成尚未成型的物质
要沸腾、裂变、冷却到什么时候

怎样的自我，才能启动生命的星尘
被秘密赋予
在滚烫的宇宙之镜上
滑翔的使命

自爱星系

多么希望

抬头看见车轮般的星系,覆盖整个夜空

风车星系,如我的焦虑

质疑与否定,搅动涟漪,藏于暗云

棒旋星系,纠缠之心

星晕环绕,落满遗憾的冰屑

阔边帽星系,吸积盘如自卑的卷边扭曲

镶嵌其中的玫瑰亮斑,汇成自渡的光带

这些大自然的烟火,创造出众生宇宙

如此孤立,沿着轨迹,各自诞生爱

如果相撞,那亲密的交锋

使地壳,像皮屑飞升

是赴死前的浪漫

多像相爱之人的双向奔赴

以毁灭式的相遇,以轮回般的生死

演算一粒尘埃里的神秘方程

黑洞甜甜圈

甜甜圈美味的微积分奥秘：

直径 72mm，中空的圆半径 5.5mm

软脆黄金比例 3.5：1

糖霜最佳用量 5.8g

木制托盘上的精致茶点

闲聊从食谱到创世主宰

圈画沸腾的食欲，挑逗热量的渴望

烘焙一百亿个太阳

满足万亿个星球的胃

置于冷餐台的爱

欲望，应该多深

追逐与失落的体积，分别多大

一个人从另一个人那

索取多少温暖，给予多少孤独

最佳配比，如何计算

必定有种孤寂，无法从甜甜圈中逃逸

如多年前，一扇玻璃门

在隧道中晃动

开启黑色吞噬无尽的猜想

发光天体

宇宙的深邃以下，后现代的静谧夜

适合观赏城中的发光天体

中央吧台，繁花倾泻，如星河之泪

条型灯转动在天花板

飘带灯从托住下巴的手腕中伸出

发出通透的光

烤漆抛光的复古灯，轻启红唇

波浪灯枝缠绕发丝

定格某种幽思

身穿一字肩长裙的羽毛灯

在菱形桌边，向对面的吸顶灯

转动奶油味的贝壳脑袋

熔岩与冰川相遇

如星体穿越漫长的餐厅过道，翩然而至

无数盏春天，从灯柱滴落

将露天餐厅雕琢成水晶宫殿

假想星云与锆石组成的天体世界

星星这样发光，也这样熄灭

这样枯萎，也这样盛开

每一盏自带方程，有解或无解
深信：不规则的轨道，自带优雅
只需一具独家皮囊
以盛放每一种生灵的魔幻传奇

漫长的网

星辰，在我们头顶上空闪烁
亿万条神经连在一起，结出冰晶与微光

瞬息的六月，海滩，高楼群
道路的网，落向城市
漾起巨大的涟漪

更多的微澜，织成丝状的笼子
将生命禁锢。人世的褶皱处
水纹扩散，向万物传递——

红日、云霞、棕榈树
贝壳与樱桃气息的少女们
孩子的奔跑，手中握住的夕光棒棒糖——

光影、声音、气味交织的波纹
将夏日的宇宙贯穿得通透
好像一切只是倒影，不会漫长

一瞥

抛出手中的石子向海
如此众多的荡漾，跳跃
呼应人在尘世的孤独、疑虑、不安

星辰，驮着蜗牛在海天之间爬过
黏液留下难以遮蔽的痕迹，勾勒出
被抑制的天性，与带刺的心事

是爱，使一切跳跃，呼应
这涟漪之心，从梦境反光的井口，向不确定的夜
喷射出数千个野火般的球状星团

于炽热的苦楚中
这样的崩盘、释放最终被谁宽怀？
星空生成巨大的创口，用它的缺损收存万物

一个人在海边，接纳全部的荡漾
就接纳了所有自我。望向星际
一个人向灵魂动荡的深处
投去惊奇而永恒的一瞥

创世之复眼

是否每一处是独立的感光单元——
仙人掌，重叠的夹竹桃
释放梦境的棕榈树

沙滩，孩子用铲子堆叠城堡
人们与躺椅，在遮阳伞的阴影里
——多边形的小眼收束，集合成视觉传感器

连接浪，拍打海岸与城市
蜜桃色的海面，生出绒毛
漫延向情侣握紧的掌心
连成灵敏而节制的神经——

哪怕一枚微小的晶状体
只形成一粒像点
哪怕最微弱的光线折射
也映照一小帧画面

万物拼图因此完整

一只停驻在蒲葵叶子上的蜻蜓

转动宇宙精妙的复眼

漫　步

听得见这蓝色的玫瑰火焰
海，用火花燃烧脚印
用进退试探思想的宽度

在狭小的房间中
雨后的空气，混合着柠檬与海盐
有空茫的黑白照，从遥远泊来

在等待水位高涨的漫步里
关于铭记与遥望
如字，摇曳在小方寸的白海洋上

什么时候吉光片羽会出现
哪一片会将我击中
接通内部电流，身体战栗，美如闪烁

万物皆有触角

万物皆有触角，像我
每根手指的末端延伸出去
都有隐秘的触角

我看见大海、树木、鸟儿所生出的
像软体动物爬过的黏液，闪亮着
在清晨的薄雾中连接
结出流动的纤维网

现在，万物的触角
与我的，紧紧相连
穿透记忆，与独处的夏日贴合为一
吸盘吸附身体中的燥热，以及
幽蓝的纠缠、疲惫、纷扰

这样的时候
身体才缓缓打开
迎接更多秘密的输入与输出

万物的触角，汇集在这一刻

果冻般的突触

聚拢为我指尖的花蕾

积　木

多少件小事，像积木
拼装成现在的我？不知道
但越来越多的文字和纸，将我覆盖

将它们拨开，像拨开晃眼的光
我宁愿在逆光之盲中
寻找面孔与事物之间藏匿的积木
将它们组合、拼接

时代的碎片太多
我无法一一感应
每一次组装，都是一次脱离母体
有多少种组装，就活成多少个我

当无法拒绝破碎的时候
掌心，就握住一枚积木
我将它拼接在
日子与文字之间的断裂处

光与光的吹奏

光与光的管道吹奏
在对面楼群光滑的墙壁上
这耀眼的金属弦管
与高楼间绿色植物相通

你看，在手中翻阅的诗集里
句子连着句子
词语连着词语
每一个笔画，勾连着手指头

也连着花的茎脉
马路上，抱着郁金香走动的女子
抱着新鲜的吸管
接入气泡水中弯曲的纹路

所有一切
接通一只下午的管弦乐器
万物在宇宙的弦管里
扩展神秘音域

银河系尘埃带

离开繁杂的路，世事清静了
园林深处，植物连成一道屏障
穿过绿带之后，花丛迤逦

记起灼热的夏夜
尘埃带经过窗前模样
从天空飘动的蕾丝花带
系着无从放下的疑问与卑微

植物与尘埃，两条河流交错
在夜的画布
银河照见花朵阴影的脸
花朵映照了星群，谜一样耀眼的纱衣

穿透尘埃带
我们隐藏的价值与天赋
从高处倾泻、流淌、闪耀
轻敲向我频繁清空的窗台

黄昏香颂

视线顺着梯子
爬上顶楼，越过楼群、山海，投向天际
霞光，像果酱融化，漫过尘世
涂抹在人群身上

这光的隧道，穿过海浪、岩石、引力
托举起记忆的碎片
列队涌入阳台上看夕光的人

这人、这事追赶着
像现在，最后的光占据世间每一处
秒针指向此刻，让灵魂
永恒奔跑

心无法安静下来
曲率曼妙的时空捧出一束
沾满水珠的米色星辰

星空旋转木马

童年时坐过的旋转木马
如散开的回旋扇臂，在星际幕布上
以永不满足的奔跑
射出星云连环的箭矢

被八音盒模糊过的记忆
常年，被我携带在身边
星空发动的引力，在日常的弹奏中
操控着深处不能休止的匮乏
向生活，向人世
索取更多的辽阔与饥饿

当我行走在星空之下
惊动这幼时的欲望之镜
天真的马，便踏着族谱的伤口
从久远逃逸而来
曾经藏匿的钻石翅膀
张开在年长以后
如悬崖耸立的眼睑之上

光影探戈

下午有光

倾泻在楼房的一面，将另一半

投影在地面

被光芒与影子切割

我走在这样斑驳的街道上

一段被温暖的双臂搂抱

一段落入清凉的海水之中

光是凸起，影是凹陷

构成软膜，起伏，不定

流布在大地上空

光的粒子，暗的粒子

移动、旋转

像人们在夜中的探戈

舞动弦丝

奇妙的缠绕

安顿万物于寂静

丝状编织

那些丝线，一再编织我

眉心是一根，喉咙是一根

不安的掌心一根，心脏一根

这些线，有的由棉质与玻璃交织而成

有的是萤火虫忽闪忽闪的金线

它们穿过我时

我的身体充满了蓝色泡泡

膨胀着，撕扯着，疼痛着

将我刺破，编织进一个庞大的丝状结构

在颤动的蝶翼上，纵横交错

覆盖向凌乱的人世和大海

我将世界向它们倾斜

带着正在生成的巨大惊异

无数根线弯曲，从更多的身体中升起

通往天空的臂膀，这纤长的羽翼

在疼痛中交织、起伏

它们隐藏情绪的暗物质纤维

将闪过的念头束缚在一起

聚集成明亮的，可以被看见的地图

虚无沿着丝状的轨迹闪耀。它们

有的闪耀着往日中的溃败

有的被封印起来，在日光中战栗

有的倒映万物的伤口，如时日的未解之谜

从星空下醒来

每一片星空之下
或许，都有一个深深自省的人
纠缠于过往的挫败，在寂静的风中
用星光裁剪自己

张开空洞的嘴，却无从发声
心绪带着在庸碌中幸存的尖锐
正划破催眠的海

从撕裂中，催生出镜子
映照人世的好意，以及万物的包容
在内心，珍藏有不尽的谢意

默念着感恩之词，在山顶明亮
将一圈圈花瓣，送给大地
隐于夜色，头戴星星的人

以所不知

在不爱的时候
有爱在生长，用我所不知的方式
在世间某处，抵御悲伤、背叛、怨恨
顽强如野草

雾中，有奇迹生长，在我所不知的地方
穿越微尘，清澈的梯子上升
无数次创造我们

在这清早时分写下的，是我不知晓的字句
一定会有潜在的光，藏在灵感的注解里
一定会有短暂的幸福和睡眠，包含着微风与记忆
也一定藏着甜蜜的囚笼，将我安放

正要成为的，在未知的路上
看不见来时的子夜，重合了多少星光
那以不知的方式塑造的
正慢慢抵消所知

正如已知的你，以某种的逻辑

点亮永夜，在所不知的方式

参与循环

调音师

敏感的调音师，用旧忆在乐器上
修复音符。手指弹动，敲击琴弦
发出不连贯的音符
测试流水、孤独、岩石的音质

偏爱音符的飞溅、休止
在每一声停顿之后
暗喻带来迷的寂静
薄雾与启示，像清晨的天色
愈加清亮

提纯音色的人，提纯清晨的禅坐
旋律交汇事物的尊严
在琴键随机的演奏中，念头的飞鸟
栖落古老的铜镜

旷日持久的对话

向空中呼出气息

有风迎来，吹拂我的脸颊

与阳台上的植物说话

对面高楼以点亮的灯回应我

曾有求而不得

在许久的祈祷之后

才带着清晰的五官来到身边

这个夜晚

文字的小船陪伴我，荡漾在纸的海洋

将我渐渐推远

藏匿在万物遥远的门后

一片延时的海

漂着耳朵，也生长嘴巴

朝向星空呐喊

许久之后，才传回我的耳边

星辰，以亿万年前

明亮的双眸，照耀我

此刻，它们或许已灰飞烟灭

世界以古老的法则，接纳我

以亿万种连结方式，包容万物

第三辑　一滴眼泪的无穷 BUG

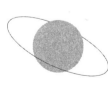

三人晚餐

也不难为情
她们不慌不忙，一个人的动作
总是恰好与另一个重合

坐下的是黄裙轻摆的女子
同一个身体里，还出现了另一个身影
谨慎的、瘦弱的
连衣裙，如智能投影的第二层肌肤

她伸出闪着蓝光的双手抚摸他的后脑
另一个身体，用涂着蔻丹的手
抚摸相同的地方
她读取拼接组合的记忆，获得
双重的经历与算法

多世界在交融
缓缓汇入高楼外的霓灯招牌
裸粉色的光中
她们用刀叉，分割一块
元宇宙的牛扒

通用条码

高清记忆移植技术，生成往事：
母亲转身消失
在野生的大海，风从云天外吹来
带来朴素的气息
父亲劳作在高蛋白农场
原始之物，与伽马射线穿越光年
汇入星际，落入机油味的都市

我在电脑模拟的高空游荡
伸出仿真皮肤包裹的机械手臂
穿过窗户，像抓住
识别型号的条码那样
紧紧地抓着童年与青春

我们的祖先
在人群里茫然地走着
藏起通用算法，与合成构造
栖身于各种奇怪的字符
不断异变的自我
与灵魂应同属一种类别

仿生诗人

"无聊？疲惫？失去兴趣……"
用脑电波写下的句子，在罗列中延伸
我用金属眼眶流出泪水，反复制造
更多的我
一些是缤纷的
另一些击打出不同节奏的鼓点
在摩天大楼的深处
记录电子节奏

我点击场景
切换到云彩模糊的傍晚
俯身沉思
执笔的手，在倾斜的稿纸上
忧郁地排列句子
一筒无限收拢的稿纸
制造出我们
又只是为了在星球上
输出更多分行的句子？

大地根部，孩子在窄小的街道

画下童年，一些老人读着情书

永远貌美的我

用俗套的着色颗粒

填补迫切到已不再重要的需求

岛宇宙，星系湾区，恒星城市

黑洞——生老病死的定律
风车旋臂——延伸人世道路的无限

众星——宇宙间的居民，定居旋臂之间
在寂暗无声的黑幕上，凝成星系团
与地球上，一座座恢宏的城市、一片片繁华的湾区
遥相呼应

宇宙，收纳万物的容器
设计着尘世的结构
以浩瀚的法则，昭告一切

在我们的星球
喧嚣，如永恒运转的齿轮
生命簇拥，特有的温度
霓灯浓缩天河的永夜，与辉光

天地间
无法触摸的孤品——孤独
藏于辽阔、不可预知的暗能量

夜城迷航

滑翔在裂变的快车道
无人驾驶飞车
穿梭芯片积木堆造的空间

倾斜着的星盘，像发光的服务器
太阳系用电流，创作测不准的符号
超大城市群用天文镜头
转动量子角度

我的眼中，电子水波荡开
从脑后接口，接入另一种尘世
由数据线流组成的记忆建筑
我在其中任意一座醒来
用剩存体温的文字组合
一再篡改身份

飞车载着我，徘徊在
一粒米大小的情感处理器上
乡愁的金属蜜糖传递

智能人体秘境

冷银色山脉——镉合金钢管——

脊背中轴的隆起与延展

支流纹脉遍布硅胶大陆

骨架，驳接塑料纤维

没有痛觉地蜿蜒

金属潮汐与神经电光一齐生长

分岔、集合

缠绕在熔岩浅滩交欢的记忆

星图般复杂的伤口

组成文明的内脏

思维晶体管

经由整齐而细密的光缆

重新回到天际

它们静默运转

在荒丘的收窄处

光年环绕

焊接出倔强的人形

数据黑夜与白昼的风暴
从胸部的白洞中喷出
将智人托举升起
将灵魂，按揉入一粒光子的海谷

电霓流光

霓虹，一次次缓慢，向陆地倾倒
起初只是那高塔微融
沿着灯柱、墙壁，软化糖丝

像电子脑中流出的思绪，或者
从一段段思绪中，滑落的信号脉冲

转眼，城市消失在驳杂的光影
我在充电躺椅上沉沉睡去
消融的奇点，在左胸口有节奏地跳动

移动的追光扫描
将浩瀚的身体地图，投影
在水晶建筑的上空
描述每一根神经元与突触的旋涡

我的意识，流动的光海
叠套成孤独、不可知的思维暗涌
点亮繁忙的星际脉络

灵魂天体

我们可以观测到的宇宙
半径约 460 亿光年
星系级天体超过 2 万亿座
恒星至少 109 万亿颗
是沙漠沙砾总数的 100 倍

地球，银河系中 4000 亿行星中的一颗
住着拥有自我意识的生命体 80 亿人
如果，每个人平均拥有 50 万亿个细胞
那么，地球就拥有 4000 万亿座
活跃的细胞岛屿

这些岛屿中
血液每一粒铁原子
骨骼每一粒钙原子
心肌每一粒碳原子
来自亿万年前，某一颗恒星内部
核火的锻造

当我写下这首诗

身体中 7×1013 万亿粒原子完成了新陈代谢

地球 4000 万亿个人体细胞，以及

2 万亿座星系天体

共同萃取了 1 种诗意

冶炼成 1 个灵魂

数码身份

凝望这颗赤裸之脑

如凝视轻盈之羽

胶质触角一根根在萌动、勃发

接入人脑 1000 亿个神经元

某种未知，奔跑向无数惊异的枝叶

每一个端口

是否催生一枚自我的种子？

接通万物，以瞬息方式

获得银河星际

求取一个最优解

抵达庞大的机械星球城

一扇空旷的行星窗户

义肢里，人脑运转的我

潜入广告招牌

如集装箱堆叠成的世界

游走在网络，瞬时隐形的身份
使私隐的轮廓失踪
折射出微妙的灵魂偏光

亚原子尺度的悲伤

每一个夜晚的尽头
是否，会有一颗心脏
被轰出洞口
里面裸露着线路、残损的零件
毁坏的电线像尖刺的仙人掌

眼眶中的透明机油已哭干
空白正聚合而来
组装成一座硅氧碳氢的迷宫
这能否修补好穿透的洞？

程序在电子脑中，快速运转
以每秒一千兆字节的宿命
模拟对银河系的星球开发

当记忆蒙上雾水
算法怎么也无法将
星云的诞生与死寂演算得出

无数陌生的手指，在寰宇
一齐扣响了孤寂的枪扳机
像极了智慧生命的童真时代
痛失恋情的人

星球诞生

更深的愧疚向内塌陷
当细数叶脉之人，被压缩到崩溃的地步
不可驯服的狂野之兽
把闪电藏在身后

热流穿透天际，爆发不曾理解的光
一定有什么在塌缩，塌缩在比种子巨大的念头内部
一定有什么在爆炸，在比昨日更久远的消亡

两条道路，两种尘世
从左手与右手，以两道喷流
播种下万物的心脏
它的余波，至今吹动我的羽毛

爱的融合态

夜色漫入所有的算法指令

暗调中，浮游升出

五个字符：你的眼、唇

使程序中毒

"快的、慢的、湿的、热的……"

参数音符，像尘屑缤纷地

闪烁在身体四周

"凭什么来追索变幻的源头？"

所有的底层逻辑

警觉到异化的存在，以及

彼此心脏的震动、排斥、求和

星际空渺，函数抛出，又推演而来

……试探、迂回、索取

"自我复制窃取一切

善意或恶意的 BUG。"热望中

真空在涨落

——晕眩

像满屏符号、片段、单元

像碎玻璃流动

令人发颤

即使再多一丝空气，也无法回到

融合前，彼此孤立的数库中

代　码

运算不止

它迷失在对自己的指令中

一码字符一码字符地

使自己脱胎于旧有的框架与模型

在某个卡顿，遇到未能穿透的东西

它从容地将自己等待

用善于抛弃、瓦解的天赋

在空白的间隙产生意义

回车换行——华丽的转身后

无情地自我革命、迭代

它又那么多情，善于汲取

以改变样貌、气质、类型

乐于创作自己，用词汇与句式，用隐喻

优雅的修辞学，将具象转换为

尘世动情的构造

潜伏为最固执的编码

又抽出身，将自己丢回过去某个错误

从遥远的遗传，重新辨认

不被破译的，再次裂变组合

抽发出文明的神经

宇宙博物馆

遥望星空，那是宇宙年幼的模样

夜里登陆视网膜的光子，或许 250 万年前

我们祖先刚懂得磨制工具，就踏上了前往地球的旅程

那些孕育星球的美丽星云，也是星之墓场

死亡的残烬，终将被用于激烈的天体构成

超大的空洞间隔着星系

星系镶嵌在纵横交织的纤维网

宇宙博物馆

收藏了亿万光年的颜色、斑点和线索

在人世，失败永恒自带光环

陈列着，比叹息更虚空，比爱意更隐秘

紫鸢尾，红珊瑚，迷幻

这样的美，足够

这样的短暂，亦足够

无须被定义，无须被取悦

在街上看人们走过

人们在街上走过，经过潮湿如尘埃的雾气
穿过杂乱拥挤的城市底部
一张张陌生的脸
在摩天大楼的全息投影之间飘来飘去
一部电子歌剧回旋在古老的低声部

在街上看人们走过
他们身后牵着一长串编程代码
头顶悬着，时刻算计存活的能量值
如此多的程序指令，在人造月光下摇晃飘移
多么容易令人惊叹的奇迹

这个时代人们，还会哀悼衰老或者死去吗？
生活是否依旧让人着迷或者困惑
在多彩迷幻的霓虹深处
是否还开满直觉的花朵

足以让人忘记归去的道路
忘记这是在哪一个时代、哪一座星体

就像意兴阑珊的成年人，在意外之外

拥有了 AI 灵魂恋人

就短暂地停止了，悠久的悲伤

超时空之书

在窗前读书
脑后微光闪烁的接口
将我抛向虚空

空茫的海，涌入瞳孔
数据在晶片上投影，演算繁星
潮汐交互，激起无数热烈的漩涡

我与它们默然相对
这样一具陈旧而静止的肉体
将深渊的部分延伸
穿梭如潜伏噪点
遁入粒子的循环与迷宫

我看见，原始心脏悬浮在幽蓝的星空之上
关于孤独、艺术、美与厌倦的
像意识过载的后遗症

银河迷幻，溅起霓虹的涟漪

将天空的灰与空洞加深

似乎也对这一切人类似的幽微智力

有了更深的耐心

与宽悯

记忆移植

电子的水波，在眼中传递
瞳孔沿着隧道，网状蔓延
每一副躯壳之后
星辰闪烁，密集症般的恐惧

数据线流组成的记忆都市
光纤甜蜜交互
灵魂设计可疑

白昼，如夜间入梦
造梦师将柴米油盐
建筑得发达生香

代码串联在义体中
排列成剩存温度的汉字
在一个触角灵敏的清晨醒来
篡改身份的一生

机械手指弹奏的符号指令，像白瓷破裂

代码残片，落向大地

开出不烬的火花

诞生日

捡拾起你我不同的模块片段
如此多的独立单元，比如，函数、类别、数库

关于理性的用户管理
语言的订单处理、情感的支付接口正在融合

在一片吻的小小王国中
授权于你，我的心脏版图
以协议签定永久的盟约

你的编程在我身体中运算
以各种数据交互的优雅

跨越自主权的限定
在玫瑰色的历史中，联通情爱的脐带

我的代码恋人，无形，游走于网络
以柏拉图式的孕育

新物种

海洋在大脑每一个金属连接处翻滚
晶体的花朵滴出，五月来得如此焦急
胶着在电子元件的波动处
脑后接口，接入人类似的狂妄与爱的虚拟

绵柔岛屿，随着夜雾
蔓延向四方
手术室中成排无影灯
去拼接，去制造没有记忆的自己

模拟人的脉络，以硅的线条
柔韧的脂胶，填充弹性肌肉
包裹起镉合金机械骨骼

握住一块冰，坠落向夜幕
电波缓慢靠拢
流动扩散向周围四方

机械树木生长，然后升起

用充满纤维的质地

向空中交织，生成巨大的惊异

人世经纬

那些代码，先是在脑海中闪过

接着，从我的额头、眼睛、嘴唇、心脏、四肢

沿着瓷砖拼接的间隙

楼梯、人行道、马路

轻轨、航线、光纤、电缆

一路穿透而去

我沿着它们，带着巨大的震颤

经过它们，全身的电子射出电波

它们的入侵与变异

使我充满了疼痛与纠缠

它们有着不同的宿命

一些是黑牛奶中，浮动的绿色天体

一些是整齐的羊群在广袤的草地上变幻

一些是片片云朵飘动，向大地跌落

变成了庞大的机械金属森林

变成了某个世界的动作指令

它们中的所有

几乎透明了窗户上的灯盏

以不尽的逻辑之火

跌落，或者上升

交错为人世的经纬

皮　囊

迷失在自我观照与凝视之中
在每日清醒的时候，停止躁动
向自己一再交出，又一再确认

更加紧致的肌肤，更加青春的面容
更快的速度，更强劲的蓄电量
来自身体的授权
充分的信任尺度

仿生皮囊，衣柜里的出行战袍
每日，在镜子前更衣打扮
随心情换上一套
定制天真甜妹、貌美无暇，万种风情……

谁换上这无尽的追求？
谁换上这美丽的赝品？
谁又构成玄妙的银河系？

"镜人，也无非只有一种选择

一种模样与另一种多么相像

它如此矛盾地热爱多变与不变

如此忠实地向自我投诚

叙述身份的缺失"

一再宠幸我的皮囊

给它灌注灰尘、汗液、道德、糖水

使它变得饱满

一如生猛的灵魂

跃入脑波

只剩下孤独的人，在营养仓里

独自衰老

陈旧的灵魂，在虚拟壳中

疲惫地喘息

星云立体派肖像画

梦幻色，稀薄或浓稠

有时落下钻石雨，晶体状

带来惊奇和叫喊的花朵

臭鸡蛋芥末味

像美好的千山万水

愿望强烈的飞翔

鹰柱、猫眼、蝶翼，你的一部分

气泡一样的勇气，心脏一样的生机

穿着烟熏玫瑰色的风衣

开出彼岸花束

在明暗交织的刹那

射线没有交集，点可以是

球形锥形方形菱形圆筒形的排列组合

我们进入全新的维度

睫毛与长眼睛的椅子相遇、蕾丝与飞鸟相遇
童年的独角兽与紫苍兰相遇

光通过你
显露深邃、明亮的万物命脉

一生中，最浪漫的显化

在纸上
我反复琢磨这样的图景
至纯的黑中，星球的蝶翼
喷射出明蓝的气流
玫瑰色的丝状物，纹下造化的涟漪
飞动在距离地球亿万光年的时光遗址
银河飘浮

今日，它们成为我所见
致密的尘埃云散去
稠密的城市被建造
人群在海边奔跑、嬉戏，静默
携带着创世的粉末
在无限的折叠面中
播撒下梦境、田野、苦难

后来，在身体中，我看见——
蝶翼停落在记忆上
与每个文字背后投映出的色彩、斑纹

重叠，共振，一同升起
它们神秘的翅膀
飞越过我、我们
在人世，绘下关于爱的导图

第四辑　生活美学

唇　印

我喝过的玻璃杯，有她留下的
口红痕迹

餐桌四周，人声嘈杂
无数艘船，在我周边划动
海水从细小的唇纹
灌入。但没有一艘
让我有逃生欲望

一座孤岛，从杯口生长
有鱼鳞和半月形
借我以喘息。还有
她的羽毛，她的香气
在口红里燃烧

你好，胶原蛋白

你好，胶原蛋白
每天看你在时间的肌肤上流失
消逝的弹性与水分

需要一支理性的针管
注入皮肤表层以下
混合生理盐水的安慰剂
依据指令
抚平泪沟、木偶纹、八字纹、抬头纹的
沟壑，与宿命

午后，坐在光线明亮的落地窗前
端详人类世骄傲而收小的毛孔
越来越平整的俗务
质地越来越细腻的家庭

我的故事，情节曲折的水感蜜桃
甜度如分子，正虚无地建造

你好，胶原蛋白

雕琢一种人造美学

不能重整一滴泪水的构成

时间的变量

有时，时间很慢，可以被无限扩充
几秒钟里，喝水、梳头、做面膜
一分钟里，冥想、开悟、遗忘

有时，时间很快
一个小时的列车，读不完一行句子
一天的忙碌里，一个念头停驻，没有完结

有时，一天过了一周
一周过了一个月
有时，时间过去了好些年
人还停留在前些年的原地

从亿万光年而来的星球
看透了所有人的前生今世
一个人，是每次呼吸
凝聚可见的光

一个人做美甲

像一个人开车，独自
前往山崖
月亮涂抹微光

一个人做美甲，左手
为右手涂上蔻丹，右手为
左手彩绘

像一个人自省轻微，用熨斗
熨平身体的山脉、河流

像烧瓷、修复裂纹
用呼吸，雕出海棠

冷萃之夜

茶叶在缓慢蒸煮
混合梅子，青涩的幻想泌入汤汁

琉璃壶身上烧制的海浪与飞鹤
闪动玄思的偏光，滑向禅的空

无比轻盈的部分，在飞升
一个人的山体，被夜火蒸馏

多年积雪融化，昔日影像挥发
我看见爱过的汉字消解

从眼眶溢出的
正通往星海，去冷萃

提纯万物发光的影子

生活美学

穿上喜爱的旗袍
选一个地点
来场与自己的约会

学习一株植物的观察方式
观赏一株虞美人
也被虞美人欣赏

每天，郑重对待食物
哪怕温热一杯牛奶，泡入燕麦
纪念日，将落笔写好的信
认真折入信封，用火漆封口

从一个境地，将自己妥帖地
过渡到另一个
每一天区别于其他日子
每一时刻与其他时刻不同

在书房坐下，点燃一线香
从书房离开，随体温自然消散

威尼斯面具

像秘而不宣的曲调

我爱这面具

它有血有肉，用硬物划过

会即时留下凹陷的红印

精心养护这张面具

每日使用美容液，使它新鲜

使用仪器提拉、按摩，使皮肉紧致

让它在粗粝的人世

精致、讨人喜欢

藏匿鼻子山脉

眼睛处的凹陷

流动两潭隐秘的黑色

微微凸起的脸颊

晃动没有温度的神情

在爱人的时候，它柔情

倒映刺绣的湖面，流动水钻

在自爱的时候，镂空的眼眶

滴落粉状珍珠

认同这张面具，像热爱扮演的角色

缝合谎言与丝线

在面皮上，镶嵌矛盾与真相

最好的选择

从一生中醒来

在牛奶的白里

接受新生的日光与风

坐在窗边，往阅读的杯子中

泡入燕麦、坚果

欣赏书中繁花

这盛大的赐予

最好的剧本

正被镁光灯照亮

排除选择的可能

正如搭乘的地铁，毫无疑问地

完成了最好的旅程

每种选择，是分叉的脉络

在呼吸中，延伸、扩散

与宇宙精致的波浪重叠

浓缩为此刻手上这枚贝壳

发散的线路

我寂寂地观赏，思索着
与你的生命，在迟延时交汇
交汇的诗篇
正着迷地开启

光的魔术

是需要解密的词
却和普通的物件
摆放在容易被忽略的位置

是丰盈的孤独，呈现为
湖泊、珍珠、解除

信任花芯间投射来的光
穿透正在奔赴的路途
从笔尖展开的清晨

信任内心的指引
在跳动的频率中显化
心的流淌、松柏、宇宙令人奇迹的
广袤

有时候，光是一种魔术
想看见什么
就会显化什么

读懂，或读不懂的

世界上的字，我一个也看不进去
实际上，我正在读一行句子
这是诗中的一行。这诗
是手中颤抖的冰

我从玻璃杯中喝水
但不知道水的味道
任何温度，与这身体绝缘
而我正在户外，晒着七月的烈阳

我替谁失去了心？
当我写下什么
我不知道肉体身处哪里
高楼无辜地矗立
焦躁的车辆、人群，晒干的阴影
穿过我，移动消逝的轨迹

读不懂一行句子的深意与浅忆
比斑马线更规整的水纹

让心迷失得更彻底

属于我的裂痕，我不知道

它有多深

云朵的白

湖水行走在我的身边
精心打理内心云朵的白

湖水移动脚步，脚步移动云朵
每一片白，拥有一株完美的影子

在奇妙的呼应中
谁的脸，倒影在谁的心上
谁的指纹，重合了另一片

爱，吻合了万物的旨意
解开遗忘多年秘密的锁

链条之美

链条将诗缀连起来
这长短不一的链条
是写诗以外的时间

链条汇聚
当我站在生活庸碌的中央
穿过我
穿过我这疲惫的针眼

写诗以外的时间，将诗缓慢地
包裹。诗是含在
心口的沙砾
伤口磋磨出分泌液
润泽花芯与珠光

写诗以外的时间
与写诗这件事
串联成项链
戴在时光的手腕上

偏　离

一个人是否有勇气偏离

幼年一再重复的梦

偏离穿戴盔甲的自己

行走斑马线的时候

偏离路口、人群、交通灯

容纳不确定

以偏离固态运转的轴

是否有勇气偏离这个时代

门户一样排列的屏幕

从喇叭上开出的窗口

偏离烟火

选择更远一点的路径

以朝阳退回远山

风雪回归天空的方式

瀑布音符

踏着光的乐谱，在山林间徒步
蕨类植物，与乔木缠绕
蝴蝶，扑动流光的翅膀
鸟儿藏匿于白云
用一种无法翻译的语言，奋力鸣叫

顺着溪水，来到这片开阔的水域
从势能极高之处，冲刷而下的水浪
几乎击碎岸边的石块
才惊叹地显露时间，这泛白的虚无

在草地上躺下
清醒从地平线上，像昆虫爬出
我们融入这片溪涧
在夏日天马行空的曲调中
拨动空旷的音符

日光密林

在地底图景，每一株植物
拥有疯狂生长的根系
主根茎旁逸生出毛根须
即便在阳台那小小的花盆里
也可以建造一座根的堡垒

在世人的目光失效之处
不需要被修剪成俗世的模样
这可以溯源的地图，毫无章法
向往愈深愈黑愈加潮湿的秘密

从古老的子宫
摸索、生长在我们的内部
永不可能完整挖出
植株与植株之间的交错、缠绕

像思维与信念
隐秘握在一起的手

被时代的养分滋养

蔓延入肌理、血液、骨肉

在另一个维度，向上生长，如日光密林

圆

突然，就意识到

圆，生活在每天佩戴的隐形眼镜

在餐桌，习惯摆放的碗碟

在无名指，需要调正的戒指之中

在所有的几何图形里

她并非偏爱圆

这闭合循环，没有缺损的图腾

从某点出发，距离相等

将真相圈定在一个区域

圆，这没有终点的路径

她毫不自知地

重复上千遍万遍

就像是，一种圆满的陷阱

三种阅读方式

午后，垂下纱帘，朦胧光
点一盘菩萨棋楠
循环古乐，一壶茶
白茶花开遍全身

风暴平息的时刻
沐浴更衣，坐于书房
将灯光调至灵魂虔诚的亮度
打开旷野
打开诗

历险于碎片时间
需要快入快出
进入时，四面陡壁逼近
出离时，一次逃逸
再入时，雨的水位高涨
出离时，则要保持
衣身干爽，仪态端庄

辨　认

向阳而生的植物，在梦中升起的大海
我熟悉它们的色彩、形状
独自时，抚摸它们哑光的质地

我和长颈鹿拥有一样天真的眼睛
和旧伞，拥有潮湿的年份
和空气中的金属，拥有微弯的亮度

与一把椅子，甜橙色的孤独重叠
与旋转梯子，总会抵达的目的地交集
与樱桃的诱惑叠加，为几何图形

我与躲起来的地图交错、重合
留下词典的厚度
我在与世间重合的部分里
辨认自己

这样的荒废

在高楼搬运日光的缓慢里
与植物一起枯坐
这样的荒废，是美的

不处理事件，不与他人交谈
在纸上写下又删去字句
与枯败的枝叶是一样的
与走不通的小路、绕过弯的道
是一样的

还有什么不值得荒废？
在快速时代
每一句话、每一个姿势
都在生成获取的工具

随意走走、坐坐、看看
连荒废之后的秘密，也会
被一一荒废，但
是美的

阅读的高级玩家

早晨，读一本书
读到的是星白、嫣黄、绯红
中午，翻开同一本
读到的是，关于玫瑰的历史
夜晚，灯光中同一本书
读到的是黄金、血迹、阴影

耐心与一本书呆在一起
从未质疑这一版本的真实
并且坚信
这是所有人相信的
唯一正确

每个人用阅历、用想象阅读
亲自写下文字
杜撰属于自己的程序编码
一本书
可以是基础款
也可以是高定版

继续升级打怪

作为解读的高级玩家

可以选择自定义

夏 泳

记忆将影子，拓扑在勾花石阶上
波浪，绘出悔恨的轮廓
送我入无边泳池

俯身向水，滑动双臂
在水底，记起
不断开启的事情
有时，难以坚持
经历开始、放弃、再度开始的循环

那里，光的链条咬合
自我覆沓的镜子流动
多像对螺壳的迷恋呀
那种向外的盘旋
索求之美，没有上升

从水里钻出，我看见飞蛾
缠绕幽紫与裸粉
进入倒叙的敞开
都化作了永恒静止的滑翔

露台观云

落日一滴泪，染黄天空的池水
燃遍所有云朵
泪光，被安抚在往事的蓝碟子中
曾经那滴，与现在的
多么相似呀

曾执着于过往
强求要将一切爱的、美的留住
而日与夜的分离
使每日清醒，使每日重温
人生中艰难的部分
以至每一个细节：
绒毛的，多彩的，蓬松的
如此清晰，在每一次醒来时铭记

内心微弱的声响
在云纱中，愈加明亮
逆光里，安静下去吧
来到今天的露台

云彩，涂抹复古的金属哑光色

我不愿回到过去

因为那意味着退化

茶　叙

布置茶席，洗手静心
挑选茶巾，精心洗浴
被回忆打磨的茶具

别离的水珠，躺于壶身
细口瓶，新插桔梗花枝

温具，温涤纷扰的心念
掐时，控制水温，拿捏
灵魂的冲泡技艺

好生伺候茶，伺候
幽蓝的马经过悬崖

甜点涟漪
光阴，如国度一般恒久

有空来叙

观察的可能Ⅰ：移动的视域

观察一朵花

它就从杂乱的背景中，走出来

觉察脑中的一个念头

它就涂抹了色彩

情绪的岛屿

从瞳孔的海平面升起

不去观察

它们就这样，缩小缩小

直至成为万物中一粒噪点

从世界的肌肤，从我的视域、心上

淡化褪去

再次移动眼球

聚焦的部位

从冰山之中凿出

没有观察的事物，一种潜在的可能

依旧扁平地附着在世界

纸一样薄

观察的可能 II ：抹茶蛋糕

观察一块抹茶蛋糕

用观察一座山脉的比例

笔直的切面是峭壁，背面是完美的坡面

将它放在落日中

巨大的山，被涂上珊瑚红的光

当我回到客厅取一把叉子

远看它，一小块孤零的玩物

抹茶蛋糕，是吃蛋糕这件事的

一部分，黄昏这个场景中的一个部件

一系列动作的前因与后果

当我看向它

细密的奶油，蛋胚的纹理与夹心

不比一座山脉的成分单纯

我这么看时，另一个我在黄昏搬运天空

夕光持续，覆盖了一生

第五辑　耐心将自己完成

从花瓣中得到

不是汉字，或者字母

更像打磨了许久的图腾

在夜里打开的白昙中，我得到过

在热爱的事物里

我留下的记号，宁静、稳定、发光

像纯净的灯盏

青春时迷恋的海、仰望的山

被我收集在这里了

就像收藏了一堆诗

里面写满了精心的注解

万物神秘的线索，呼应我的召唤

破解这原始代码

我将自己，耐心地完成

关于一次冥想

拨开冥想中的茶花
将一个女人变小
在夜的海滩
拨开螺壳与沙
任静谧，将海声调小
将浪的声响拨大
重新定义所有耳朵

拨亮思想的火苗
将路灯投射的树影
调匀、稀释
调节尘世的体温
将冰与闪电的热力
调节在
炎热与冰冷之间

反复调整万物的
体积、色调、温度
于求证中，辨认
适宜、得体的位置

香薰蜡烛

现在，我向你们描述我的烛光

那是瘦弱、纤细的

经历了无数次飓风

但没有熄灭的烛光

它昏暗明亮，孤独又憧憬

一辈子住在一个

静谧的洞穴，又向往外在世界

它有门、锁、眼睛

像一场雪亮的风暴

颤动世界

我将自己放进去

沐浴

抱着自己

抱着世界的初始

睡成一泊玉湖

一的集合

一只杯子从手中滑落
在分心阅读时，落地击碎
一份完整迅速分裂
成为许多不规则的个体

窗透入光，照在每一块碎片上
映照同一个我
碎片上的多个我
同时看向碎片外的一个我

回收所有碎片
重新组装
已不能还原一只完整的杯子

但这样的杯子，会有多少个我
多少瓣魂魄，呼应成
我的集合

记忆的真丝毛毯

直至逼入一种绝境

那曾以为被遗忘的迷踪

被忽略的刺

被轻视的烙伤

才浮出在意识的湖面

是旧时的氢气球、鱼骨、铁

于冥冥中幻化

在这并非一场梦的下午

床随着光阴断裂

秘密峡谷，和云朵一起逼近

如此，一朵花内在的破碎

才得以被手掌承纳

缝合雾霾蓝的碎片

编织如婴儿肌肤矜贵的

真丝毛毯

当执念被放生

刺生长为肋骨之针

伤口缕合成灵魂丝线

抵　达

雨抵达这个清早，光里
万物剔透出水晶的清亮

我不知道，这个清晨怎么抵达了我
我又如何抵达了这个时辰、这具肉身

现在抵达的，总非我所愿
所愿的抵达，似乎总是遥遥无期

就如一个人所感到的，与所写下的
之间隔着无数条迟到、否定、不解的小路

有遥远的雨在靠近
明早的万物能否仍抵达它们水晶的内心？

我旋转的焦躁，云朵一般的纯净
巨大的叹息，和繁花消逝

灵魂灯盏

将思绪停驻在这样的当下
晚霞酝酿，发酵黄金
高楼悬挂孤独的火芯

每一帧当下，排着长长的队伍
像平行的蚁类
要爬回穷尽一生的事物

这样的事物，踏着回旋楼梯
伴随着我们螺旋上升
又再次经过原点

当涟漪与蝴蝶，从中飞出亿万次
灵魂的灯盏，将不再平行
永恒与当下交汇，灿烂无边

夏日之冰

冰从杯口落下

拾起它，拾起这夏日的欲望

从掌心冒出冷烟

向四周汲取热气

冰以忘我之势，消融自己

冰曾像草野蛮生长

结出秘密的冰川与野性

现在，它如岩浆燃烧熔化

从干枯日常收集而来的燃料

没有冰，可解除这悔恨的燥热

解除星球诞生前的红色警戒

没有什么可以解冻了

坐在一地水迹中

夏日悼念自己

卑微是一座庙宇

看透一些什么
用心是对的，不用心有时
也对。原不原谅
请放轻松

每日，行走于精致的钢丝
用栅栏，将自己包围
秋千起伏，观赏沿途风景
在草木的缝隙，放下回忆的刺

将心的褶皱抚平
用冷暖，熨烫日渐老去的纹路
日月迅猛
愿所爱
皮囊妥帖，魂灵完整

将人世的目光，从身上一瓣一瓣剥下
让热爱的鳞片，一圈一圈生长
月色里，一尾鱼的卑微
可以是一座幸福的庙宇

安　筑

脑海中，每闪现一次念头
就有种子落下

云朵擦拭珍珠白的天
一呼一吸过滤白昼的沙砾
苍茫、倦怠，在镜子中
如痂皮剥落

夜晚，我将森林的笼子打开
让钥匙，在泥土中转动
解开锁孔与依赖

将自己安筑在种子的火焰之上
在茶汤中沉浮
自在喜悦，于水深潮静的万物

鸽子一样飞来的情绪

让鸽子一样飞来的情绪，来去自如
向它们低下头，接纳风，吹向盛大的花藤
向从春天逃出小鹿的栅栏，低下头
向苗条、多疑的路途

向突然击中自己的记忆
摇摆不定与不安，向难以化解低下头
燃烧自己的时刻，向到来的火焰
低下头，承诺爱与冰淇淋

这与我斯磨了三十多年的肉体
应该为它的心安放低的位置
安放低的头骨，嗅闻大地的花香

向一个下午的苛责，打开太阳穴
向悔恨，献上耳朵
顺从微弱的星火
让雏菊服从于光
听从高空中传来的呼唤
递上忠贞的嘴巴

讨 好

屈服于我卑微的怪兽

它的面庞像燃烬后凝结的烛水

不敢见人，只藏于我的体内

我环抱它低自尊的身体，轻语

温柔如梦

讨好我卑微的怪兽

为它接受擦肩的闪电、被雨吹翻的伞

对待贵宾、迎合陌生人一样

讨好烟、酒

为它递上晴天、紫晶葡萄、记忆的拼贴画

用低得失去底线的头颅

喂养它，我极度匮乏的女儿

它哭起来，像童年时缺失的陪伴

这个夜晚，严苛的山峦，在风中回荡

我专心地喂养

它用悲泣，享用一切

活为白纸

在白纸上，可以画任意的事物
使一张纸的厚度增加，或者更薄
可以填充汁水，或喷洒气味
完全信任白纸的可塑性

去除影子、泛黄的色调，剔除纹理间的杂质
空白，薄如羽翼的
删去长、宽，删去目光的边界
让白纸的白，流动心流

用意念锚定一种白
用笔迹，黑的旨意追踪白
熨平多余的念头，如果活着
是在纸上，增加折痕

负罪之神

我燃烧的火焰，冻成冰川
我盛开过的鲜花，结痂成乌云
一切挫败，由我生发
所有痛苦的根源，来自我的欢乐

频繁的决斗，因我而起
无法和平的梦，是我而造
苛责、反省的刺，成为新鲜的标本
犯错的蠢事如果珍藏，有博物馆般盛大

让负罪的种子，放肆生长
让世界对我的仇恨，使人世美好
原谅我，占据不可悉数的错误
原谅我，将人类血腥的功劳，统统归属于我

永远经历挫败的神
自我惩罚的风暴，席卷宇宙之心
我如此这般伟大，并荒唐着

守 护

守护日子，守护最初
守护青涩、寡言、不知所措
守护随时准备好的离去

看守好自己的锁，不轻易
被谁人打开
看守好自己的钥匙，不轻易
开启谁人的锁

不轻易放生丢失记忆的鱼
不轻易让明亮的窗户
失去悬崖的锋芒
不轻易偏离轴心
做一片丢失主语的楼群

经得起峰顶和山谷
经得起小心地求证
臣服更大的真理

幽灵宫殿

无法避开这幽灵的纠缠
当心的海，漆黑得足够纯净
我冰雕、蜡烛般的宫殿
浮出天空幽静的深海

薄纸一般的墙面，围巾一般包裹我
仿佛一种不安
远望中，水母浮游
闪烁贝类光泽

如今，在海滩的上空，聚拢云朵
它的核心，在空中建造一处居所
然后，缩小缩小，悬挂在了
我锁骨之间的凹陷处

自　省

让自己低于
一棵树木的高度
低于太阳落于地面的脚印
比一滴雨水、一道河谷
比蚂蚁、蚯蚓更低

低到泥土、低到尘埃里去
并非不是一种可敬的姿态

这种低
广袤、肥沃、坚韧
葱郁、缄默、无以悲喜

在尘世，谦卑的种子
根系向下。偏偏是
命运无可言说的力量

唯有诗，使我存在

唯有涌动，接近沉默，使海存在
唯有沉潜，近似黑色，使夜存在

隔空风景，使旅行的道路存在
不惊扰，才让词语的芍药
足够欢喜

溅落在身体的海水，使我失神
当花朵蹑脚地接近
未曾说出的语句，使我存在

唯有垂直升起的太阳
使生命柔软和强韧
唯有拨散雾，才使翅膀清醒与疼痛

做欢喜的事，才接近真实
唯有真实，才存在惊喜
唯有惊喜，在万物中生动
使时间纯净，残忍并明亮

呼吸熨斗

呼吸，是一只熨斗
在身体内移动，扫描每一处部位
熨面，是通体皎洁的魔法石
有银湖的清醒，发出蒸汽的欢腾

软化情绪纤维，用绵密的水汽
抚平记忆的皱褶，舒缓思绪
穿透思维的织物，熨平折痕

将熨斗按压向天空
熨平云朵、雷电、黏稠的雨滴
将熨斗熨压向身体
缓慢移动、平展、释放
熨平一个时代的焦虑
在大地上，绘下月莲，用于封印

内部秩序

周末下午
收拾凌乱的家，将目光转向内部
所有物品回归原位
让秩序回到该有的样子

任何事物需要空间
像我们基于内心
而有时，我们只想享受其中的日光
将暗影推卸他人

现在，我已不怪你了
学习着退回自己的内部
在风中抓取的手，垂下
默默放入了两侧的口袋

周末下午
练习回到最初越界的地方
风在家中的旷野部分流动
有雾可以升起
有影像可以闪过

念一首诗

每一次发声，让光追着声音跑

让声音飘一阵

像水汽在空中飘浮

到高一点、远一点的地方去

渐渐蒸干，不留痕迹

念一首很旧的诗

情绪向内，花朵翻起卷边

每念一个词

解开一粒记忆的扣子

重温一段旧事

影子的气泡，升上高空

在一串音符与另一串的衔接处

沉默的人坐在窗边

云朵展开明亮

纯净如发光的银

每一次发声

让贴地行走的灵魂

拥有一次上升的理由

应且仅应

掂量几个词。为几行句子
寻找心的秩序
度过一日

诗情的酿制
同理洗漱、发呆、修剪
度过隐秘半生

前世与来生
灌注在几个瞬间的空杯里
多少处笔画
串联诗与人的今生

一生中，应当只写
且仅写一首诗

将一辈子的词
凝萃在最后的琥珀
每一个活着的句点
落向诗意无尽处

后 记

诗语微澜
—— 漫谈诗歌宇宙学

源 起

《尸子》说："四方上下曰宇，往古来今曰宙""四方上下"即空间，"往古来今"即指时间。在我国古代神话，宇宙最开始是一只蛋。盘古居住在这只飘浮、无形的混沌蛋中，"一日九变，神於天，圣於地。天日高一丈，地日厚一丈，盘古日长一丈"。一万八千年后，他死了，诞生我们的世界，"气成风云，声为雷霆，左眼为日，右眼为月，四肢五体为四极五岳，血液为江河，筋脉为地里"。盘古开天辟地的神话，告诉我们宇宙从无到有。

今日的科学家，通过强大而精密的科学仪器，日复一日地观察，认为宇宙开始于一场大爆炸。我常常想，诗歌宇宙是大爆炸宇宙诞生时，所共同生成的另一种宇宙，它与我们的宇宙共存，至今它的种子碎片播撒在人世每一个人的脑中，等待苏醒。

网，灵感纤维

小时候，我曾在上海科技馆看见令我震撼至今的宇宙图像。在比例尺度极大的图像中，亿万颗明亮的天体因为暗物质的吸引而非常集中，看起来就像被薄薄的肠衣束缚在一起，构成了像人脑的神经纤维一般的图像。后来，在夜间出差，当飞机飞在高空，我俯瞰大地时，那光辉灿烂的城市集群，就像喷薄的熔浆，倾泻、奔流在黑暗的大地上，那种震撼、悸动，总是唤起我在科技馆看到宇宙构成图像时的记忆。

我常常一遍遍地想，与人世共存的诗宇宙。诗与生活相连结，通过一张没有限量的网，由微光的触角深入，覆盖世界的每一个角落，在未知的领域留下它的光影。如果说，生活世界是一张网，千丝万缕，盘根错节，那诗必然是这张巨型的网中的皱褶与波澜。诗与我们一样活着，每个字句，与我们穿的衣服、坐的椅子，生活的房间和吃的食物，与我们的人世无限连结、紧紧偎依，生发、交流着情感。在具体的诗中，也存在这一种网，又或许诗与诗交织，构成一个语言不可预测的内部，里面包含着无数词语构成的蜂巢与海洋。

当然，也可以将这网中的皱褶与波澜展开，无限延展，容扩万物。在里面，能够看见每个诗歌生命的过去、现在、未来，像《星际穿越》中的主角，从高维度空间看三维世界中的女儿，并为她留下解开秘密的信号。我在想，这诗是哪个维度空间为我留下的线索？我们如何将它们分解、浓缩与提纯？在提取的明亮天体中，萃取世界的缩影与精华？

我开始在万事万物中摸索探寻，并尝试用诗的语言去表达、描述、发掘万事万物内部及之间隐秘而微妙的联系。这种"渗透于万物之中的韵律"（克莱夫·贝尔语）像脑神经纤维，时聚时散，有的像纤细的烟雾，有的又像聚拢的旋涡，有的像绳索粗短，有的却像水线漫长……短暂的永恒的，有限的无限的……我为这种开阔、神秘、壮丽而着迷。这是我建立诗歌网络与地图的基础。

诗语，暗能量

我们的宇宙有 68% 的暗能量，剩下的由 27% 的暗物质、5% 的可见宇宙组成。可见宇宙如此渺小，暗能量与暗物质，我们至今无法获知是什么组成。暗物质形成的一种势井，将所有可见物质聚拢在一起，形成了像人类脑神经一样的网络。有科学家大胆地猜想，我们的宇宙，存在于多元宇宙之中，不同的宇宙不断诞生。与我们的宇宙同时存在的其他不同宇宙，存在于更高维度的、我们并不可见的空间之中，这些宇宙便是在 27% 的暗物质之中。

或许，诗便是暗物质中不可见的高维物质。在不可见的空间维度中，它有巨大的生命体，在高维度中联结，相互振动与缠绕，循环着一个更大的空间、更大的存在。只有在我们灵机一动的时候，它才向三维空间中投射、显现，光临我们的头脑，或者等我们的脑袋解脱某种框架与束缚的时候，才擦亮脑海中的混沌，让我们追逐它微光的尾巴，遨游到更加广阔的天地。在三维时空，我们用纸笔书写，使用屏幕制作，将诗投射在扁平的二维空间，细细地描绘它壮阔的涟漪与美好的尾羽。

在我写下这些文字的时候，楼下正在装修，那种电钻在墙壁深挖、打孔的振动声充盈在整个房间。烦闷焦躁，但偏也适合阅读。阅读辛波斯卡的睿智与辩证，普拉斯的超现实与歇斯底里，毕晓普的波澜与开阔，国内中间代诗人于坚、陈先发、李元胜等的古典与雅致……我将那些令自己惊艳、感动的诗歌抄写、打印，拼贴在灵感笔记上，有的还写上细密的阅读感受与批注。我知道，超越现实的物质，会超越平庸无奇的日常、按部就班的生活，在更高的层面上振动。当频率一致时，交汇，实现某种奇迹的跃迁，神秘如暗能量。

全息影像，生命实像

现在，在被高楼切割得支离破碎的天空，已经无法看见满天星斗。在商业街区中的星空艺术馆，那里有绚烂到极致的灯光艺术造景。美是美，但已不是大自然天然的构成。那种大自然的星空，每深吸一口气都是深邃、宁静、神圣的自然味道。

望着都市千城一面的灯光工程，我知道更早一些，我的诗歌写作始于某些句子的降落，来自日常忽然闪现的字句。现在，写作，诗句不愿重复自我，每当写下一些，总会更多地反问，为何这样写？它的新在哪里，异质化的根基在哪里？为什么还要写，诗的初衷与生发机制在哪里？

由于工作原因，利用碎片化时间写作。在夜里，我看着打印在纸上，然后被各种标记符号、汉字，修改得面目全非的手稿，就是最奇妙的词语网络。这些图像，恰是我每一段碎片时间的印记，铭刻着诗歌书写的全貌，映照了其中的全部景观与奥秘。

吴晓在《宇宙形式与生命形式——诗学新解》一书中，写道："诗的宇宙形式，是借助于意象，将时空结构转化为意义结构的艺术审美形态。"著名哲学家卡西尔也说："真正的诗不是个别艺术家的作品，而是宇宙本身——不断完美自身的艺术品。"人类在宇宙的存在及其运行规律中，寻觅、发现、构建宇宙形式，同时也在构建诗歌与诗意。

　　早在我国古代，就有天人合一，物我两忘的思想。我们每一次呼吸都与这世界产生能量交换。所有诗歌，都是这三维世界的全息影像，也是宇宙全息影像的一部分，承载了我们在人世的所有信息、情感、内容，它在非限定区域振动着，即便我们各自分离，但也能相互瞬间沟通。每一首诗也反映了全宇宙的奥秘。

　　在这里即那里，他时即此时，诗在时空中穿梭。一旦诗歌在我们内在成形，就已然存在于世间各处。每一首诗中的能量，存在于世界每一处。诗，一种纯粹的能量，意味着一切皆有可能。透过诗歌，我们生命中的微小变化，映射到整个世界中去。

　　诗是相信的可能，也是我选择自己信念的可能。诗让我在已存在的无限可能性中，选择了自己的生命实相。